세월을 잇는 향기

초판 발행 2021년 12월 14일
지은이 호수문학회

펴낸이 안창현 **펴낸곳** 코드미디어
북 디자인 Micky Ahn
교정 교열 민혜정
등록 2001년 3월 7일
등록번호 제 25100-2001-5호
주소 서울시 은평구 갈현로 318-1 1층
전화 02-6326-1402 **팩스** 02-388-1302
전자우편 codmedia@codmedia.com

ISBN 979-11-89690-62-5 03810

정가 12,000원

세월을 잇는 향기

호수문학회

시를 쓴다는 것…

시를 쓴다는 것은
흩어진 언어의 기호들을 연결해
의미를 엮어내는 작업입니다

시를 쓴다는 것은
맑은 호수 위를 유유히 흐르는
백조의 분주한 물속 발놀림과 같은
고뇌의 작업이기도 합니다

그럼에도 우리가 멈출 수 없음은
우리의 영혼 깊은 곳에 솟구치는
샘물 하나 들어있기 때문이지요

올해도 호수인어님들의 영혼의 풀무질을
통해 탄생한 아름다운 시어들을
한 권의 시집으로 엮었습니다

21번째 호수동인지 출간을 함께 축하합시다

2021. 겨울 어귀에서
호수문학회 회장 **정수안**

무엇을 어떻게 해야 할지
망설이던 순간들 속에서

지연희(한국여성문학인회이사장)

　　　　한 해가 저물고 있습니다. 다사다난했던 지난 시간
이 새해를 맞이하기 위하여 분주하게 마음을 다스리고 있습니
다. 다하지 못한 일들의 아쉬움이 새해를 맞이하며 타산지석他
山之石을 이루리라 생각합니다. 무엇을 어떻게 해야 할지 망설
이던 순간들이 근 2년이라는 시간을 훌쩍 보내 버리고 말았습
니다. 살아도 사는 것 같지 않게 숨을 쉬어도 쉬는 것 같지 않게
살아 온 듯합니다.

　이제 깊은 두려움의 공포 속에서 하루 빨리 벗어나고 싶습
니다. 전 세계적인 공황상태의 하루하루는 지칠 대로 지친 듯
합니다. 긴 병에 장사가 없다는 일화와 같이 2년이라는 코로나
19의 무자비한 침투는 대다수의 사람들에게 삶의 의욕을 내려
놓게 했습니다. 눈을 뜨면 확진자 수를 세지 않을 수 없는 매
일의 일과를 수정하고 싶습니다. 끝이 보이지 않게 늘어선 바
이러스 진단 확인, 두려움과 두려움의 연속입니다.

오늘도 마스크는 필수, 손 소독제 사용 필수로 외출준비를 해야 합니다. 하지만 우리에게 희망은 있습니다. 견디어 일어서는 의지로 우리는 문학인이라는 자존의 이름을 얻었습니다. 결국 우리 모두가 이 허무맹랑한 코로나 바이러스의 피폐에서 이겨내지 않을 수 없습니다. 호수문학 회원 여러분 분연히 일어서기 바랍니다. 2021년도 고생 많으셨습니다. 정수안 회장님, 총무님 늘 하나로 힘 모아주시는 분들 고맙습니다.

차례

차례

한윤희

계단을 내려가다가 다시 돌아서 화살표를 따라가라고 하네요.
길을 잃어도 괜찮아요
초록색만 쫓아가면 내가 가고 싶은 곳에 갈 수 있죠
머리를 하얗게 비우고 가는 거죠

혼몽 | 초록빛 상자 | 누가 그어 놓은 밑줄 | 음도
잠시, 불빛들 | 이유 없는 무게 | 견디는 선 | 겉옷

P R O F I L E

2005년 『문학시대』 등단. 한국문인협회 서정문학위원, 계간 『문파』 편집위원. 저서 : 시집 『물크러질 듯 물컹한』, 공지 『열한 개의 페르소나』외 다수.

혼몽 昏懵

바람, 음악, 그리고 저녁

열두 개의 모서리가 흩어진다
가슴에서 풀려나오는 은빛 실타래

음악은 구름, 정원으로 흘러간다
곡선을 입에 물고 몰려온 작은 새들

바람이 분다

손가락 사이로 빠져나가는 음들, 흩어지는 꽃잎들, 흩
어지는 팔다리
어제의 유리창 빗금이 지워지고 저 다리 건너 들려오
는 소음이 녹는다
물방울처럼 떠다니는 영靈

말없이도 세상을 들어 올리는 투명한 가치

발 없이 걷는 고래산 저녁
앞치마에서 쏟아져 나오는 흰 나비 떼

초록빛 상자

그 그림이 보이지 않는다
선반 위 낡고 허름한 상자에 담아 놓았던

안으로 퍼지고 번져나갔던 선과 빛들
고요히 끓어넘쳐, 넘쳐흐르기 직전의
여러 겹으로 포개져 흐릿한, 소멸하기 전의
심연 같은 꽃

그 안에서만 빛나고 있던
가끔 꺼내 놓고 혼자 황홀해지다 다시 덮어놓았던
언젠가 누구에게 보여 주려다 다시 덮어버린
아무도 보지 못하고 들으려 하지 않던, 듣고도 무표정한

문장으로도 세상에 내어놓지 못한
내 안에서만 그림이 되는 그림

바다 건너온 이삿짐 속을 아무리 뒤져도
보이지 않는다
설마,

누가 그어 놓은 밑줄

새벽의 발바닥은 뜨겁고 차가워

꼬리 말아 올린 청설모의 작은 눈알이 집요해
장미 정원을 지나 맥문동 보랏빛 소요 속으로
걸어도 걸어도 끝이 보이지 않는 언어의 소요 속으로

귓바퀴가 훈훈하다 걸음을 멈췄다
누가 뒤를 밟고 있다
덜 마른 머리카락 바람에 날리며 옆길로 꺾어져 사라진

몇 문장 건너 밑줄 타고 흐르는 음을 듣는다
중음에서 저음으로 이어지는, 희미하게 그려지는 옆얼굴

어떤 줄에 다시 걸려 넘어진다
그가 흘리고 간, 사람 냄새

음도陰島

-지하서점

사람이 없다, 마피아의 미로 같은

예상하지 못한 낯선 기류 좁고 기다란 계단을 따라 흐른다
너무 검고 너무 커다란 문이 달린 도시 한복판
빗각으로 서 있는 햇빛

사람은 보이지 않고 말 잃어버린 얼굴들만 벽과 벽 사이에
끼어 있다
손잡이를 돌려도 열리지 않을 것 같은 문
키보드 두드리며 석고처럼 서 있는 젊은 여자와 엑셀 화면
결별의 이유인 듯 고개 숙인 머리와 어둠처럼 긴 머리카락
무수한 활자와 침묵을 말아 올린다

낮은 천장 울리는 첼로 음 사이로 간간이 들려오는
독獨 씹어 삼키는 소리와 페이지 넘어가는 소리
고독을 욕망하는 눈동자만 카멜레온의 눈동자처럼 빠르게
움직인다

음습한 곳으로만 몰려든 다족류
이 구석 저 구석 쪼그리고 앉아 건너가고 있다
거기로

잠시, 불빛들

낡은 잿빛 우산이 접혔다 펼쳐진다 다시 접혔다 펼쳐지는 사이 맞은편 906동 테라스에서 불빛들이 우르르 몰려와 깜빡거린다 문 앞에서 깜빡거리는 의자들 감당할 수 없는 나무들이 잎사귀를 흔든다 뜨겁게 달궈진 프라이팬 위 음표들 눈앞을 빠르게 스쳐 지나갈 때 불빛 사이로 타이트스커트와 흰 블라우스가 건너가고 모란의 붉은 눈물이 뚝뚝 떨어져 내린다 방 안 가득 들어차 오는 햇살 잠시 천장에서 내려왔다 올라가는 청회색 스크린

비밀번호를 누르고 들어갔을 때 그녀의 오후 세 시가 방바닥에 눌어붙어 있었다

이유 없는 무게

가라앉는다

책상 위 사물들 이를테면

비에 젖어 울컥거리는 무선 노트

쓰다가 찢어버린 종이 같은 귤껍질

세상의 어둠 다 담아놓았던 것 같은 커피잔의 까만 테두리

약간의 저녁이 섞인 포스트잇

더 이상 예민해질 수 없는 영 점 삼 미리 펜

그리고 어디서 본 듯한 희미한 여자

눈동자가 결린다

무겁다 어깨 짓누르는 손
문장으로도 말할 수 없는, 얼굴 없는 중얼거림, 어떤 기운
이 둘레를 에워싸는 누군가의 영혼
잿빛 코트를 걸친

견디는 선

길 위에 가는 선 하나
점과 점이 끝과 저 끝을 잡고 함께 걷고 있다

점 하나 오르면 점 하나 내려가고
가지에서 가지로 날아드는 새들의 아침
점 하나 내려가면 점 하나 오르고
민들레 피었다 지면 제비꽃 피어나고

끊어질 듯 말 듯 팽팽해지는 지평, 굵어지는 선

수평 지키려 붉은 입술 바르르 떨며 간신히 버티던 점
더 붉어지려 창백한 입술 담 너머로 피어날 즈음
맞은편 점 하나 바닥으로 내려앉는다

그녀가 주저앉아 운다
웃음 같기도 하고 박하 같기도 한

우린 그걸 잘 모른다

겉옷

휴지통 안에 구겨진 종잇조각 서서히 허리 펴며 일어선다

오그라든 팔다리 하나씩 펴고 머리를 민다
몸 기울어지도록 목탁 두드린다
두드리고 두드려도 빈속만 울릴 뿐 구겨진 자리는 여전히 구
겨져 있다는 것을

어떤 날의 찢어진 조각과 조각을 모아서 얼굴과 얼굴을 모아
서 박음질한다
잿빛 누비옷으로 얼굴 덮고 세상 내리깔듯 비스듬하게 앉아
보지만
빛나는 옷들은 여전히 빛이 나고 있다는 것을

아무나 입을 수 없지만 아무나 입을 수 있는 옷
올올이 풀어지고 찢어진 상처일 뿐인
더 이상 목탁 소리는 산등성이에 지리멸렬한 무늬가 될 뿐
그는 찌그러진 양은 냄비에 수제비 반죽을 떠 넣으며
물이 밀가루에 스며든다고, 이것들은 잘도 섞인다고

그는 이제 꽃무늬 넥타이를 접어 서랍에 넣는다
꽃무늬는 꽃이 아니라며
물방울무늬는 더 이상 물이 아니라며

박서양

나무통
옷 한 벌
물컵 하나
물 떠마시는 표주박마저도
개가 혀로 물을 마시는 것을 보고 지닐 필요 없다고 깨버렸다는
알렉산더 대왕이 부러워한 거지
디오게네스

P R O F I L E

서울 출생. 계간『문파』시 부문 등단. 카톨릭대학교 국어국문학과 졸업. 문파문학회 이사, 호수
문학회 회장 역임. 저서 : 시집『리허설』.

요세미티 폭포엔 장금장치가 있다

박서양

'폭포 가는 길'
팻말 가리키는 대로 축축한 황토 흙 산길 따라 도착한 곳
유명세 막강한 폭포가 보이지 않았다
어느 때인가 온 천지 뒤흔들듯
요동치며 흘러내렸을 방대한 검은 흔적

차디찬 칼바람에 얼굴 시린 겨울이었다
산꼭대기 시냇물 얼어 흘러내리는 폭포수 감상할 수 없다는

강추위에 수시로 얼어붙는 머릿속 기억들
힘차게 흐르던 혈류 뇌 속 생각들 단단히 얼어붙어
심장 펄떡이게 하던 열망의 소리 멈춰 버렸다

요세미티 falls
봄이 오고 얼음 녹아 시냇물 다시 흐르면
흔적뿐이었던 심장 속 붉은 열정
흰 포말 부서뜨리며 힘차게 쏟아져 내리려나

디오게네스 in 샌프란시스코

샌프란시스코 중심가
명품숍 즐비하게 늘어선 유니온 스퀘어
묵직한 배낭 등에 메고 낡은 캐리어 양손에 굴리면서
거리의 행위예술가 위태롭게 비틀거린다
계절과는 뜨악한 때에 절은 무채색 의상
느릿한 몸놀림 꼼꼼히 쓰레기통 뒤적이지만
부스스한 머리카락 상큼한 바람에 휘날리면서
주머니 돈 탈탈 털어 맥주 한 캔 들이켜는 건
그만의 품위 유지
움츠렸던 어깨 잠시 하늘 향해 주욱 펼쳐 보인다

나라가 먹여주고 재워준대도 노 땡큐
세속 욕망 걸러낸 전재산, 등에 이고 손에 쥐고 만만세
뱉어내지도 삼켜버릴 수도 없는 지독한 우울에
뿌리째 뽑아내지 못한 쓰디쓴 불안에
시시각각 안절부절이지만
체념은 알코올과 나란히 맺은 숙명의 형제애
썰렁한 바람 속 겹겹이 챙겨 입은 옷 속에
'죽음의 씨앗' 은은하게 품고 다니면서

소멸의 징후 따윈 꿈쩍 안 하는 당당함

디오게네스* in 샌프란시스코

대도시 속 '아웃사이더;

그는 완전한 자유인이다

---

* 견유학파의 원조. 자신의 집과 재산을 버리고 일생을 작은 통 속에
서 살면서 인생의 진리를 명상했다는 철학자.

아름다운 마을 1

-It is okay it is all right

잘 닦여 말끔해진 널찍한 유리창 너머엔
만끽하라 즐기라 펼쳐진 유월 신록 한 마당
알코올 냄새 풍겨 나올 듯 깔끔한 주방
분주한 몸놀림 훤히 보이는 아늑한 식당
민둥머리 화사한 꽃무늬 스카프 상큼 두르고
야윈 얼굴에 함박웃음 가득 눈인사 나누는 그녀
'행복한 아침입니다아~'

폐 속 가득 신선한 공기 심호흡으로 끌어 모으고
맨 발바닥 한 발 한 발 황토 흙 밟으면
쾌속으로 충전되는 살아내려는 열망
휴양림 속 취해버린 소망의 짙은 향기
맑은 샘물 쉬임 없이 들이키며 삶의 독소 뱉어내고
누렇게 뜬 병색 흔적 없이 사라져
화안하게 드러나는 피부 속 광채

'생존 확률 2% 그녀의 마지막 해 유월'
자꾸 무너져 내리는 정상세포 다독거리며
자분자분 속삭이듯 노래를 부른다
'괜찮아요 정말 괜찮아요'

아름다운 마을 2
-본향으로 가는 길

박서양

가뭄 해결사 가을비 흠씬 내린 후
직소폭포 물줄기 용솟음치며 물안개 하늘로 향했다
생존만을 위해 잠잠했던 침묵의 개울가
콸콸콸 쏟아져 내리는 물폭탄 세례
굽은 공간 휘몰아치면 호흡이 빨라진다
급류에 휩쓸리는 당찬 존재감

여리고 지친 피부 뚫고 나온 검은 덩어리들
타향살이 포기하고 탈출하려는 것인지
이방인 존재 알려 겁주려는 것인지
생명줄은 이미
하늘 끝에 단단히 매단 지 오래

2000cc 맑은 생명수로
번뇌 따윈 말끔히 털어내면서
그제도
어제도
오늘 하루도
生의 마지막 날이었다 믿고 살았다

미완성

-유품정리사

1

전역한 지 석 달째 스물넷 청년의 오피스텔엔
미처 뜯지도 못한 근육 키울 단백질 분말 한 통
탁자 위에 놓인 제주행 왕복 티켓 한 장
새 바퀴 이리저리 굴리고 싶어 척추뼈 단단히 세우고
출발 날만 기다리던 파란색 캐리어

어느 날 갑자기 生을 접어버린 청년의 부재
어쩌다 무참히 꺾여버린 것일까
책꽂이에 가지런히 꽂힌 채
전의戰意를 상실 묵묵부답인 전공 서적들
벽에 걸린 낙서판 큼직하게 휘갈겨 쓴
'삶은 꿈을 꾸고 성취하는 것 이제부터 시작이다'
무색함에 황망히 고개를 돌린다

2

낡고 오래된 재봉틀 바늘 끝에
처연하게 매달린 박음질하다 만 꽃무늬 원피스
가지런히 정돈된 냉장고 속 먹거리 틈에
선명한 글씨체로 '우리 아들 것'

화해를 기다리던 애틋한 마음 함께
조금조금 발효되어가던 과일청 항아리
끝내 뚜껑 열어보지 못한

블랙아웃

졸업 후 40년 만 여고 동창 모임 태평양을 건너오고 제주도에서 날아오고
땅끝마을에서 한달음에 달려왔다는데 3차 마지막 마무리는
끗발 날리는 보험왕 친구가 거하게 쏜다며 몰고 들어간 단란주점 노래방
번쩍거리는 싸이키 조명 아래 무선 마이크 턱 밑에 바짝 대고 무심히 흘러간
세월 허망이라 쏟아내고 뜬금없이 엉겨 붙는 허무 어르고 추스르다 우당탕탕
바닥에 엎어져 버렸던, 마지막 기억 한 점

1. 택시에 밀어 넣었다는데 집 주소 정확히 읊었으니 집 앞에 당도했을 것이고
2. 요금 정확히 지불 차에서 내렸을 것이고
3. 비틀비틀 또박또박 계단 밟고 올라가 승강기 18층 버튼 눌렀을 거고,
4. 번호키 정확히 기억해 열려라 현관문, 안으로 잠입할 수 있었을 거고

새벽녘 번쩍 눈을 떠 집 천장 마주하자 경악하며 벌떡 몸을 일으키는데
왼쪽 갈비뼈 부근 격렬한 통증, 얌전히 자리옷 차림으로 누워서
곁눈질로 찬찬히 주위를 살펴보니 손목 탈출 무리하게 시도했던 듯,
망가진 쇠줄 시계 개켜진 옷들과 나란히 나란히 누워있다

행복이

박서양

눈 마주치면
초롱한 두 눈이 말한다
태평양 건너온 우리 할머니
머릿속 시끄러운 생각들 바닷물에 풍덩 떨구고 왔지요

사랑 품어 포근히 감싸 안으면
따스한 온기로 얘기해준다
세월 함께 늙어가는 아픔들
쓰담 쓰담 쓰다담 쓰다듬어 줄게요

엔도르핀 뿜뿜
행복을 뿜어내는 해피메이커
옹알옹알 옹알이 받아주면은
손발 허부적허부적 힘찬 몸놀림에
신새벽 화톳불처럼 사위어가던 할미 마음
활활 화알활 활력이 솟는다

프로파일러
-광란의 질주

1

뒤집어쓴 흰 두건 턱 밑 지나 목덜미까지
목둘레 한 바퀴 돌아 꽁꽁 여며진 굵직한 밧줄
그의 심장은 쿵쾅쿵쾅 뛰고 있을까
힘준 아랫배에서 목젖 울리며 입안을 맴도는
애국가 가사 자꾸만 끊어지네
말도 안 되지 살인마 그가

2

피바다 직전 북적대던 여의도 공원 평화로웠다
어느 한 구석 그늘 한 점 허락하지 않는
쩌렁쩌렁 호기 부리는 태양
먹거리 애걸하던 흐릿한 안구
훔쳐온 차량에 차키 꽂는 순간 살기 띤 거친 소음
붕— 붕— 부르르릉

3

공원 가득 널려있는 행복한 사람들
죽음을 맘껏 휘두르고 싶었던 잔혹한 영웅심
그들 육신에 치명타를 입히고
예리한 흉기로 영혼마저 그어버리고 싶었던

피비린내 욕망하는 핏발 선 두 눈 그날엔
그의 눈에 아무것도 뵈는 게 없었다

4
스무 살 청년
절망 유전자 더하기 절망은요
불공정한 신에게 품었던 극심한 혐오는요
뒤늦게 써늘하게 찾아온 양심의 가책은요
교도관님들
어서 빨리 빨간 버튼 눌러주세요

프로파일러
-리플리 증후군

모노드라마 영원한 주인공
그녀는 연기력 뛰어난 배우였다
한 번뿐인 인생 멋들어지게 살아보리라 시나리오도 직접 쓰고
연출도 연기도 혼자 해냈다.
망상과 환상 적당히 버무려 진실 따윈 아예 접어둔 채
그녀가 집착했던 건 주변 사람들의 경이로운 시선
'그들이 보기에 매우 폼나더라' 면 성공이었다
분에 넘치는 부적절한 갈망 현실과 마주쳐야 했을 때
새롭게 꾸민 거짓이 허접한 진실을 덮어버려야 했다
시시각각 허구가 허구가 아님을 증명해야 하는 상황 빈번해질 때마다
당혹스러운 임기응변, 끊임없이 입가를 맴도는 거짓, 거짓말

유괴 살인 용의자로 그녀의 집에 경찰이 들이닥쳤다
가족들 경악하며 토해낸 당당한 물음
'명문대 졸업에 현직 기자인 딸애가 뭐가 아쉬워 그런 짓을 합니까'

'상처 난 허영심이야말로 모든 비극의 어머니'*
초롱초롱 맑은 눈, 가느스름 보드라운 머리 어깨까지 늘어뜨린
6살 여자아이, 유치원 문 앞에서 엄마 오기만 기다리고 있었다.
평소보다 조금 늦게 도착한 엄마

눈 깜짝할 사이 낯선 방문객 손에 사라져 버린 아이
그날의 지각으로
딸아이 천진한 눈망울 예쁜 미소를 영원히 볼 수 없게 되었다

악어의 눈물
무기징역을 선고받은 법정에서
그녀는 눈물을 보였다
허영을 사랑한 대가가 너무 가혹하다고
가을날 낙엽처럼 버려진 자신의 처지가 불쌍해서

---

* 프리드리히 니체, 『차라투스트라는 이렇게 말했다』, 민음사.

강풍주의보

황톳빛 대지 위 풀잎들 체념한 듯 고문을 견딘다
허리 꼿꼿 세우던 덩치 큰 나무들
잔가지 부러뜨릴세라 한껏 몸을 낮춰
바람의 神에게 오체투지라도 해 보일 양 경배의 자세

해변가 모래사장
하늘 천정 뚫어버릴 듯 기세등등한 波高(파고)
성난 바닷바람 등에 업고 이리저리 떠밀리는 사람들

허리 꺾인 채 응급구조 차량 기다리는 가로등 행렬
묻지 마 범행처럼 도로 위 헤집고 날아다니다
느닷없이 달려들어 생명 위협하는 부유물들

양간지풍* 공포의 바람이 불고 있었다
다급한 걸음으로 양양시장을 빠져나오신 어머니
행인 끊긴 황량한 도로 위에 황망히 서 계신다
양손엔 꽁꽁 비틀어 거머쥔 검은색 비닐봉지들
산발이 되어 흩날리던 파마끼 풀린 흰 머리칼
떠밀리듯 안간힘 정류장을 향해 걸음을 옮기시던
이십 년 전 양양 시내 강풍주의보 그날

---

* 봄철에 강원도 양양군과 고성군 사이에서 빠른 속도로 부는 바람.

이영희

낙엽 깔려 있는 길
앞에 가는 두 할머니
"하품 한 번하고 났더니 세월이 다 갔다" 며
하얀 눈 내린 머리 쓸며 가신다
순간
쿵하고 내 마음 내려앉았다

나,
이 하품 끝나기 전
내 영혼 속 물레가 되고 싶다

무엇으로 사는가 | 사슬 | 아뿔싸 하마터면 | 보살
갑자기 | 그때가 그립다 | 목 백합
저 창밖 | 막막하다는 생각이 들었습니다 | 유화

P R O F I L E

춘천 출생. 2010년 계간『문파』신인상 등단. 한국방송통신대학 문화교양학과 졸업. 한국방송
통신대학 국문과 졸업. 한국문인협회, 호수문학회 회원. 문파문학회 이사. 저서 : 공저『기쁜 날
슬픈 날 즐거운 날』,『작은 떨림』외 다수.

무엇으로 사는가

아침,
문을 열어 하늘을 보니
눈이 내리고 있다

예전 엄마가 하던 대로
쌀 씻고 쌀(밥)을 안치고
김치찌개에 돼지고기 듬뿍 넣고 드는 생각이
'엄마처럼 안 살아야지 했는데'
따라 하고 있다
하루를 여는 일이다

마음은 더디 가는데
세월은 참 빠르게도 간다

어느새
엄마처럼
손주들 하루가 궁금해진다

그래도
이 시간이 오니

이건 이것대로 좋고
저건 저것대로 좋다

엄마도 이렇게 세월 보내셨구나, 고개가 끄덕여지는 아침

매서운 바람이 천지로 눈 날리니
벽에 걸린 해바라기가 노랗게 웃는다

봉선화 피면 백반 가루 섞어, 딸과 함께 손톱마다 물들여야지
나에게 해주던 엄마처럼

이렇게 지나가나 보다
한 시절

사슬

사람 좋은 미소 짓던 어머니
말씀 항상 아끼며
묵묵히 깊은 향 품어낸
노랑 깨끼 한복 잘 어울리던 순한 어머니

치아 없는 잇몸, 맛 잃고
식은 누룽지 장떡 먹으려다
짚던 지팡이 지그시 바라보며
유언인 듯 아닌 듯
"야야 나는 기생이 되고 싶었다"
바람 따라나서고 싶던
세상 구경 못 한 신열 같은 울음
얌전하게 살아온 그 몸에서 나온 소리라곤
믿기지 않았다

한동안 침묵이 자리했다

된서방 만나 소리 한번 내지 못한 살얼음 삶

난

꽃봉오리로
무거운 무리에 섞였다, 시집살이는 독했다 자주 비에 젖어
몸에선 소금기 흘렀다

푸릇했을 적부터 재능이라고 믿은
연극배우로 늙어 갈 줄 알았다

그날처럼 내리는 빗소리 어머니 목소리 들리듯
내 몸속 흐르는 딴따라 피 어머니인 것을
이제야 안다

바람 따라 날아가는 민들레 되고 싶은 그 마음
민들레는 태어날 때부터 그 자린 아니다

아뿔싸 하마터면

복숭아 연분홍 꽃 이파리,
이쪽 하늘에서 저쪽 하늘로 무던히 날아다니더니

긴 꿈에서 깨어난 날처럼 비몽사몽 알 듯 모를 듯한 통증으로
택시를 잡았다

22살 부른 배 움켜잡고 살살 아파오는 배,
간호사는 커다란 병실에 혼자 놓고, 거들떠보는 이 하나 없다

점점 더 숨통을 조여 와 죽을 것 같은데,
어쩌다 의사 둘이 들어와 보는 둥 마는 둥

결국 숨이 넘어가기 직전 다른 방 침대로 밀어 넣곤
또 감감무소식이다, 옳지 걸리기만 해 봐라
고래고래 소리 질렀다

측은했는지 의사가 손을 잡아준다 이때다 싶어
"선생님 저 애도 필요 없고요 제 배만 안 아프게 해 주세요" 젊은 의사는
멍하니 날 응시하더니 가지런한 치아를 들어내고 피식 웃었다 순간
"으앙" 하는 소리가 들렸다

의사 선생님은 "아이는 필요 없으시죠?"라고 물었다

엄마 젖 먹고 살이 오른 아이, 햇살 하얗게 사선으로 내리는 길
뒤뚱뒤뚱 걸어오고 있다

하마터면
귀한 아이 말로 잃을 뻔했다

보살

대중탕 속 벌거벗은 사람들
묵은 때 닦아 내고 있다

정신없이 복작거리던 사람들
모두 돌아가고

이순 즈음의 여인
시작이라는 듯, 몇 올 안 되는 머리카락 틀어 올리고
더러워진 곳마다 시퍼런 고무호스로 물을 뿌려댄다

비난했던 흔적 지우기라도 하려는 듯
벅벅 문지르고 닦고 또 닦는다

하마처럼 부푼 배
움직일 때마다
검푸른 핏줄, 살갗에서 떨어져 나올 듯하다

벗겨질 듯 겨우 붙어있는 아래 속옷

덜컹거리며 무너질 것 같은 삶

안개 속 거울에서 처절하다

일, 다 마친 여인
정수기 앞에서 한 잔의 물,
생명수처럼 벌컥벌컥 마신다

보살의 긴 기도 끝낸 하산 길처럼
발걸음 무겁다

갑자기

검게 그을린 구들장 같은 일상들
빛이란 밝음 모두 실종된 것 같은 시간 속

느닷없이 걸려온
딸의 환한 목소리
함께 하고픈
인생의 동반자를 만났단다

푸른 하늘이
가슴을 열자
보이지 않던 가느다란 떨림까지도
손끝에 와닿는다

우린 갑자기 찾아온 인연에
딸은 사랑에 달구어져 웃고
난
딸의 그 짝이
너무도 믿음직스러워
폐로부터 전이되는
가슴 훈훈해지는 미소를 발한다

사랑도
기적도
갑자기 찾아온다

그래서
내일은 또 살아 볼 만하지 않은가
생각한다

그때가 그립다

하루가 멀다 하고
아파트 충간 소음으로 싸움을 하고, 사람이 죽어 나가고
아들이 어머니를 살해하고, 아버지가 친딸을 성폭행하고
교수가 제자를 성폭행해 목숨을 끊고
십 대 아이들이 보험금을 노려 친구를 죽이고
열 달 몸속에서 길러 낳은 자식을 죽이는 잘못된 모정

악마의 웃음,

80년대 초 도곡동 맨션아파트
아침부터 902호 시웅이는 롤러스케이트 신고 복도를 신나
게 달린다
   804호 수미네 집은 다디미돌 위에 풀 바짝 먹인 인견 이부
자리 놓고 힘껏
   두드린다, 단단 다다닥
   704호 난희네, 메주 담아 간장을 거르느라, 천지로 냄새가
진동한다
   그래도 그저 아파트 이웃들은
   '아 윗집에 다디미 두드리는구나'
   '아 누구네 장 담그나 보네'

서로 이해하고 인정해 주었다

아이들은 이 집에서 저 집으로 서로 다니면서 놀고
밥도 먹고 잠을 자고 오기도 하던 시절
세상은 좀 더디 가도,

조금은 부족했지만 따뜻하고 서로를 믿고 그리워했었다

선생님이 하늘이고 이웃이 사촌이던, 그때가 그립다

목백합

화창한 봄날은
얼굴을 스치건만

나를 찾아 주는 이 없다

나도
나의 젊음을 노래하며
그들의 눈총을 싫도록
받은 적도 있었다

그러나
이젠 그 힘을 잃은 지 오래이다

그래서
나에겐 흰 옷으로 감싸 주는
겨울이 좋다

PS; 중학교 2학년 때 영희가
나에게 시 한 편 보내면서
"순희야 언젠가 너도 이 시를 되뇔 것이다"

이렇게 영희가 보내왔단다

숨넘어가기 전까진 기억할 거야

- 순희가 -

저 창밖

허기 때울 것 없는 춥고 어두운 도시
침묵하는 도로 위,
허름한 상자 속 얼굴 묻고

한 번뿐인 생,
억울하지도 않은지
한 남자 시간을 멈추고 있다

한때
무지개만 찾아다니다 사라진 잔영들 지우지 못해

부모도 아내도 자식마저도 잊어버렸는지
술로만 살아온 죽은 시간 껴안고

어머니,
한 맺힌 통곡 소리 들리지도 않은지
세상 속으로 돌아오지 못한 남자가

냉기 쏟아 내는 아스팔트 위

찢어질 듯 말아 올린 헌 신문지 낡은 옷
겹겹이 말아 걸치고 있다

칼바람 속,
죽은 듯 누워 허여멀건 보리죽 같은 눈동자만
느리게 움직인다

옆엔
망자를 위한
소주 한 병,
그를 지키고 있다

연일
한파주의보 당부하는 거리에

막막하다는 생각이 들었습니다

링거병에 걸친 질긴 목숨 하나 떠나지 못하고 있다

내가 나 사는 일에 깊이 빠져 잠시
너를 잊고 있을 때

겨울 같은 몸을 이끌다 너 여기서, 너를 놓쳤구나

첫 생리의 비릿한, 병실에서 사위어지는 불씨 간신히 잡고
바라만 보아도 행복하다던 긴구가 와, 불러도 답이 없다

어느 곳 헤매고 있는지
길 잃은 눈동자 아직은 살아 있다고 느리게 깜박거린다

그 길 어찌 갈 수 있겠니, 그 착한 아들을 두고

자꾸 어두워진다

네가 조용히 눈 감은 그날
그날은 하늘도 애통해 펑펑 울더라

살아서는 다시 만날 수 없는 따뜻한 사람이
이제 떠나가고 있다

쳐내지 못한 눈물 그득히 내려앉은 오후
지나고 나서야 보이는 길처럼
얼마나 소중한 사람이었는지

지금 안다
속으로 깊이 울다 간 한 사람

유화
-성형

붓질하고 있다

손을 대면
댈수록
본연의 모습
다 어디로 가고

밀랍,
조각같이 창백한 모습
처연히
날
바라보네

똑같은 얼굴들

강남대로
바람 몰고 다니네

양숙영

어느 것 하나도 소용없다는
마음 하나 꽉 잡아 매고
얼마쯤 따라 오르는 낯선 길

혼불로 오른다 | 흔적 | 잊은 듯 잊은
이별을 위한 | 장독대

PROFILE

계간 『문파』 시 부문 등단. 한국문협위원. 국제PEN한국본부 회원. 문파문학회 이사. 고양문협
이사. 수상 : 제4회 배기정문학상 수상. 저서 : 시집 『는개』.

혼불로 오른다

꽃으로 피어 날아오르는 춤사위
골 안으로 깊숙이 빨려 드는 화신
한 번도 가 본 적 없고
가리라 짐작도 못 한 낯선 길 위에서
옷자락 놓칠세라 꽉 움켜잡고
한나절 통곡의 울음이
목울대를 넘으며
길다면 길고 짧다면 짧은 인연
못다 한 사랑에 여한을
한 움큼의 그리움으로 응어리지어
활활 타는 불꽃
혼을 가슴에 끌어안고 사그라질
보일 듯 보이지 않는
그대의 영혼 혼불로 오른다
하늘 닮은 쪽빛 허공 속으로

흔적

호탕하게 웃음이 헤프던 날도
하늘이 내려앉듯 절망이 밀려온 날도
망설임이 크던 마음
모두 다 털어버린 용기를 앞세워
굽은 숲길 따라 오르고 오르며
어느 양지 녘 만날 때까지
오르기만 하자는 발걸음
어느 것 하나도 소용없다는
마음 하나 꽉 잡아매고
얼마쯤 따라 오르는 낯선 길
안개 피어 잘 보이지 않는 일주문 앞에
멈추어 버린 마음은
어디에 있는지 온데간데없고
그림자이듯 육신 떠난 옷자락만
그 흔적을 더듬어 찾고 있을 뿐
고요하다

잊은 듯 잊은

어느 날 불현듯
기억 속을 뛰쳐나온
오래된 사념
듬성듬성 아쉬움 묻어나고
여백 속 한 자락 그림자 짓는
그대 실루엣
풍성한 가을 낟가리만큼
늘 가득 차고 철철 넘치다가도
깜빡 잊었다 문득 생각나는
서낭당 돌무덤 같은 기원이
여백 속을 채워 가는
잊은 듯 잊은
그대 내 사람아

이별을 위한

양숙영

노을빛 고운 하늘 끝자락
삶이 흠뻑 젖어 물든 황혼 앞에
어느새 내가 가까이 서 있다
찔레 순 꺾어 먹던
아카시아 꽃 따 입에 넣던
추억 쌓인 언덕 위에서
말 한마디 없이도 두 마음 오가던
그런 날도 있어
아지랑이처럼 마음 설레며
이냥저냥 쉽게도 살아진다고
품고 또 품던 작은 인연들
황혼빛 하늘 가득 채운 지금에서
많고 많은 이야기 꾹꾹 눌러
깊이깊이 묻어 버리고
이미 초점 잃은 눈빛은
거리감도 없는 허공으로 날고
그 뒤를 무작정 따라가던
내 오랜 기억들이
순간순간 까맣게 지워지는
이별을 위한 망각을
연습하고 있다

장독대

하루도 건너지 않고
닦고 또 닦는 어머니 손길
길이 들어 윤기 나는
옹기종기 모여 앉은
크고 작은 옹기들
평생 무서운 가난을 담아두고도
하얀 대접 정화수에
달빛 가득 찰랑대는
간절했던 바람 하나
무지개처럼
하늘 끝에 가닿았음인가
장독대 위에 머물던 내일이
어머니 삶의 전부였던 걸
이제야, 장독대 앞에서
그리움 가득한 어머니 그림자
찾고 있다

김용희

하늘과 땅의 속삭임이 전해지고
꽃 편지 배달이 왔다

얼음꽃 하나 | 봄 편지 | 무지개 빛 하늘
풀꽃 | 날파리 | 코스모스 | 밤 그리고 단풍

P R O F I L E

2014년 계간『문파』시 부문 등단. 문파문학회, 호수문학회 회원. 저서 : 공저『달빛, 그리고』외
다수. 서울 용산 미술협회원, 대전 현대갤러리 가족 전.

얼음 꽃 하나

저녁 무렵부터
솜털 같은 눈이 펄펄 내리더니
엄동설한 추위가
길 위에 얼음판 만들고

아침햇살에 눈이 녹으면서
길바닥에 예쁜 꽃 하나 그렸다

얼음꽃 하나 피어있다

봄 편지

부치지 못한 봄 편지 속에
하늘과 땅의 속삭임이 전해지고
꽃 편지가 배달이 되었디

목련꽃 만발하고 개나리 노란 꽃 속에
노란 수술 숨어 있다
진달래 분홍 꽃 속에 분홍 꽃술 숨어있다

봄비 온종일 촉촉이 내리니
푸른 잎 여름 재촉하여
올봄 꽃들은 유난히 예쁘다고
답장을 보낸다

무지개 빛 하늘

회색빛 하늘에서 가랑비 내리더니
빗줄기 어느새 씻은 듯이
맑은 하늘 살리고 있다
서쪽 하늘 무지개 곱게 드리우고
반가운 마음을 키운다

커피잔에 비친 무지개
잠깐 머물다 지나간다 해도
무지개 꿈을 안고 산 세월들이
아름답게 느껴지는 삶 속

마음의 여운은 뿌리 깊은 것
그렇게 지나버린 무지갯빛
꿈같이 아름다웠다

풀꽃

봄풀
눈빛 아래 자라며
아침 이슬 먹고

뜯어도 뜯어도 언제 뽑았냐는 듯
밟아도 밟아도 모른 척 일어서더니
비가 오려나 풀이 누웠다
소낙비 내리고 씩씩하게
일어서서 하늘을 본다

꽃에 향기가 있고
풀포기마다 풀 향기 그윽한데

곱게 쓸어놓은 마당
풀 한 포기
나도 풀꽃이라고 얼굴 내민다

날파리

까만 점 하나가 살아있다
여름 여름이다
신나게 날아다니면서
제 몸과는 비교도 할 수도 없는
먹잇감을 노리고

그 몸속에 무엇이 들어있기에
가렵고 따끔거릴까
의문점만 남기고
밤이면 전깃불 주변을 맴돌고
맹렬히 춤을 추는 모습

하루 살다 갈 뿐인 날파리가
하루의 삶을 절망하려 해도
절망할 시간이 없다.

코스모스

신작로가 코스모스 흙먼지 쓰고
가을 기다리고 있는 모습
살포시 꽃봉오리 품고 서 있는 너
홀로 있기에는 빈약하고
군락을 이루어야만 아름답다
신이 제일 먼저 만들었다는 코스모스

먼지 가득한 밤색 드레스 입고도
얼굴에는 먼지 하나 없는 청초한 모습
보고 또 보아도 예쁘기만 한 너
미풍에 하늘거리는 코스모스

밤 그리고 단풍

파란 잎 겹쳐있던 여름은 가고
낙엽 진 나뭇잎 사이사이 빨강 노랑 단풍잎
하얀 담벼락 햇빛 비치니
이 가을이 따뜻하다
햇빛 따라 단풍잎 떨어지니 눈송이 내리는 듯
소리소문없이 찾아온 가을
밤사이 단풍 물들이고 떨어지니
나무둥치 색 선명하다
홍시 찾아가는 까치의 비상
빨강 단풍잎 떨어진 길
노란 은행잎 떨어진 길 걸으며 가는 길

가을은 깊어만 가더라

김덕희

흐르는 시간 속에 나도 끝없이 흘러간다
아프고 슬프고 행복하면서
오늘도 곱고 아름다운 시어를 찾아 헤매는 시간들

P R O F I L E

계간 『문파』 시 부문 등단. 문파문학회 운영이사. 호수문학회원. 저서 : 공저 『계간 문파 시인 선집』 『열한 개의 페르소나』 외 다수.

공

시계 초침은 귓등을 친다
미처 잠그지 못한 수도꼭지에서 떨어지는 물방울의 시간
한낮 소낙비 지나간 후
감정의 파도는
조각난 물방울
그 무엇도 당신의 시간이었다
모두가 어리석었다는 것
내가 가진 것들이 모두 부질없다는 것을
잠시 스쳐 가는 것을
하얀 구름을 타고 훌쩍 가버린 세월
눈을 감고 떴더니 모두 꿈이었다는 것을
잊는다는 것
살다 보면 비운다는 것을

쓸쓸한 길

강 건너편 하늘
불타는 노을 숨 가쁘게 지고 있다
마지막 토해내는 빨강 눈물이다

구름 속에 숨어버린 추억
온 마음 하얗게 다 비운 쓸쓸한 길이다
그가 다가와 속삭인다
언제나 함께 있다고 놀라지 말라고

김덕희

온 몸이 아픔이다
젖은 낙엽처럼 풀썩 주저앉아
수리취 땅버들의 하얀 소복이 서럽다

누가 실연의 달콤함일런가 하는가
천 개의 바람처럼 이토록 시린 것을
이토록 시린 것을

뜨물같이 흐린 날
내 눈 속에 맑은 물 흐른다
나는 가을밤같이 차게 울었다

치매

네 네

그래요, 맞아요

맑은 호수에 그리움 결을 만들고

홀로 긴 여행을 가시는 길

먼저 간 아들 만나기 위해 애타게 부르는 이름

오늘도 못다 맨 밭을 매시고

시간은 강물처럼 굽이쳐 흐르고

고장 난 시계태엽 기억들 자꾸 오류 중

그래요 그래요

쓰담 쓰담

모란은 웃는다

꽃눈깨비가 흩날리는 날
세상은 온통 봄에서 봄으로

너를 그리던 매운 봄날
그리운 것은 창밖에 걸어 두고

달리는 창밖은 허망한 나의 그림자를 지우려 나를 찾아간다
눈에 보인 것 보이지 않은 것 모두 따뜻한 사랑의 눈으로

바람 찬 세상에서
경사가 넘쳐야 할 시간들

혼자는 독야청청 돋보이지만
끼리끼리 완미한다

웃는다

김 덕 희

10대의 덕희에게

무슨 일이 있었을까

그 어떤 것이 너를 슬프게 하였을까
웃음이 사라지고 웃을 수 없고
카메라 앞에 서지 않으려 하는 너

어깨가 넓은 것도
그래서 매일 어깨와 허리를 구부리며 살았어
통이 넓은 바지만 고집하고
내 안에 빛을 내가 가진 빛을 볼 수 없어 거울에 비친
밖에서만 보이는 모습이 나의 전부였지
풋사과 같은 잘 익지도 알지도 못한 첫사랑이 짝사랑으로 끝나고
너는 너를 잃어버렸지
그래 알아 너는 아담과 이브의 사과를 그 사과에 다가가고 싶었다는 걸

바닷가 물 위에 떨어진 신발은 아직도 항해 중이다

문어 샹들리에 아래

우리는 상처 입지 않아
아무것도 생각 않기로 했어
언제쯤 멋진 시가 나올까
난 쓰고 쓰고 또 쓰고
하얀 눈길을 단숨에 달려와
짐을 풀기 시작했어 강원도 영월
우리는 최후의 만찬을 차려
사랑을 느껴 이 밤을 붙잡고
젓가락은 마치 내일이 존재하지 않는 것처럼
내일이 없는 것처럼
밤 하늘을 가로 지르는 새처럼 날아
내 눈물이 마르는 것을 느껴. 너무 즐거워
흔들리는 문어 샹들리에 아래
아침이 밝아 올 때까지 파이어는 꺼질 줄 모르고
난 온 힘을 다해 매달려 있어 파이어
불이 꺼질까 눈을 뜨지도 않을 거야
아침이 밝아 올 때까지 그저 오늘 밤만을
눈썹달은 저물어가고
탱고를 흔들며 우리는 오늘 밤을 태운 거야

어김없이 아침은 오고
하얀 세상은 우리를 기다리고

김 덕 희

사월

그녀는 머리 위에 하얀 고무신 거꾸로 이고 불을 지핀다

부뚜막 앞에서 눈이 매워 실눈을 뜨고 반긴다

제례 준비에 바삐 다니다 미쳐 금기 손자를 받아 버린 거다
손자 녀석 칫간 갔다 와서 부엌에 푹 들어와 무명천 감아둔 시
루 김이 새어 떡이 안 익는다고 했다 고무신은 머리에서 내려
올 줄 모르고 마당에는 팔뚝만 한 생선이 숯불에 등을 지지고
이웃 할머니 느그 집 뭐 하냐 인사 오신다

하얀 배꽃은 만남의 방석이 되고 복숭아꽃 자운영 청보리밭
은 초록 양탄자 길을 안내한다 누렇게 죽은 억새는 파란 억새
가 다 클 때까지 버팀목이 되어 주고 억새가 다 자라나면 그제
야 넘어진다는 그녀가 기다린 걸까 그해 친정에 도착한 나는
그녀의 강한 모성을 보았다

눈을 찌르는 화려한 빛살보다 있는 듯 없는 듯 달빛을 닮으
라고 말하던 우리 엄마 오늘 일 년에 한 번 오신다는 날 환하고
고운 얼굴로 진달래 꽃술을 엄마께 붓는다

세월을 잇는 향기

아련한 아카시아 꽃 하얀 향기
알 듯 모를 듯 야릇한
우주의 궤도가 조화로운 제주도
너와 나를 잇는 섬
천상의 달콤한

이곳은 하얗다

김덕희

그녀들의 이야기

동막댁

어느 해 비가 몇 날 며칠 하늘이 빵구가 났나 할 정도로 많이 와 보렷고개 시절에 무정한 비는 속절없이 오는지 보리 가락 쌓아둔 가락 속은 썩어만 가고 내 속도 타들어만 갔단다 그 와중에 보리 싹도 내 가슴에 푸른 싹이 돋아 싹이 나온 보리 갈아 죽 쒀

먹고 풀뿌리 솔나무 송진 긁어먹고 그때 그 어려운 시절 잘 넘겨칠 남매 잘 키웠단다

목동댁

깔 머슴을 아시나요

결혼해 숟가락 밥그릇 둘 가지고 분가해

남편은 먹을 것이 없어서 남의 집 소 꼴을 베어 주고 풀짐 등에 메고 주인집 어른 확인하여 식량 받아 신혼 생활이 시작된 목동댁은 살려고 안 해 본 일이 없단다 사 년 만에 아들 낳아 드들방아 찧어서 밥 해 준 남편이 고마워 힘든지도 모르고 길쌈하고 명주베 짜서 시누이 결혼할 때 시부모 신부 신랑 한복 다 해 입혀서 보내고 명주 30근 한 채가 이불 한 채가 만들어진다고 오늘도 또 다른 기억을 덧입힌다

죽동댁

당그매 마을

 친정아부지 하도 무서워 지녁 호롱불에 아버지 옷 바느질 하다 깜박 졸아 곰방대가 날라가고 앉은뱅이 화로는 마당으로 던져 화로는 깨져 죽동댁 시집갈 때까지도 화로는 아픈 상처로 제 할 일 다 하고 있고 비 오는 날 절구에 밀 찧어 수제비 해 먹고 누룩 만들어 술 만들고 모내기하려고 감춰둔 술 항아리 순사한테 들켜 술 항아리 가져가 세금 뜯긴 이야기 횃대보 뒤에 숨겨 옷 무덤 만들어 놓은 술 그해 논 농사는 대풍이었단다

 작대기가 힘겨운 길쌈
 북실 떨어져야 쉬는 시간들

 구순이 넘은 그녀들 오늘도 수없이 되풀이된 이야기를 한다

이란자

침묵보다 고요한 푸른 숨결 밀어 올리니…

독 | 마른 향기 | 산길 | 살아가는 것과 사라지는 것
모든 것을 가진 새벽 | 소통 2 | 아침 햇살에 흔들리며
아침을 걷다 | 찔레꽃 | 평화

P R O F I L E

전주 출생. 2019 계간 『문파』 신인상 시 부문 등단. 계간 『문파』 운영이사. 호수문학회원.
저서 : 공저 『열한 개의 페르소나』 『달빛, 그리고』 외 다수.

독

뱀이 시詩를 삼켰다
머리부터 발끝까지 개구리 먹듯

이슬도, 뱀에 물리면 독
독을 모아 황금 잔에 담는다

세상에 둘도 없는 향기, 취해 죽을 수도 있지

오뉴월 서리는 가슴을 뚫고
분노의 침은 독사보다 황홀하다

모든 걸 쏟아버린다, 죽음까지
이슬방울 긁어모아 독에 독을 붓는다

뱀이 색깔을 벗는다

마른 향기

아직은 검붉은 색이 감도는 화병에 담긴
마른 장미꽃 76송이,
일흔여섯 개의 향기,

화병을 열고 향기를 담는다

이른 봄 지나
오월 너는 붉은 입술을 내밀기 시작했지

빨간 글씨 경고문 사선 두 줄
촘촘한 철책 안에서 아랑곳없는
너의 모습, 향기에 난 어지러웠어

비 오는 날 무심하게 잘린 너
그대로 풀밭에 던져져 있었어
철조망 담 둘레 몇 바퀴 돌아도 구해낼 수 없었지

가만히 보니 활짝 핀 너는 네가 아니었어
어느 날, 틈이 없는 농원 주인 너를 주었지

품 안에 들고 오는데
길들은 또 다른 길을 열어 주었어

38선 같은 철책
네 덕분에 들어서게 된 건 한 가닥 빛이었어

밖에서 보는 것보다 훨씬 맑아
가슴은 조금씩 뛰었지

무엇이든 제자리에 있을 때 가장 아름답지

산길

깃털 털며 노래 부르는 산새들 만날 수 있고

다랭이밭엔

다래나무 심는 순한 사람들이 있다

멀리서 들려오는 수탉 울음소리에

나뭇잎 하나하나 잎을 열고

또드르륵 또드르륵 솔개 나무

갉아대는 딱따구리 골짜기 사이로 흐르며

제비꽃 민들레꽃 산벚꽃 진달래

돌아서서 수줍게 피어있는 길

흙 묻은 장화와 도란도란 말을 섞으며

그늘진 숲 향기를 만지며 걷는 길

푸드덕 솟아오르는 장끼 한 마리

펄쩍 놀라 앞장서서 뛰어가는 길

구불렁구불렁 꿈틀거리는

지렁이 산이 나는 좋다

살아가는 것과 사라지는 것

생의 능선 숲속

구들장처럼

고사목

살점 나달거려

생을 벗기는 소리

무르익어

몸 여는 초록 소리

사라지는 것과, 살아가는 것이

공존하는 숲속의 음률

살려내는 것은

사라지는 것이 하는 일

살아가는 것은 또한

사라지는 일

그들만의 보폭으로

천년이고 만년이고 한 몸으로 흘러

사라지며,

살아가는 숲속의 우주

모든 것을 가진 새벽

언제나 새롭게 태어나지

잔잔한 가슴을 열며 태초의 강을 건너지

이건, 신이 내려주신 축복

두 발로 이슬 만지며

다랭이 꽃처럼 순해지고

바람 따라 들꽃으로 피어나지

첫 울음소리,

찰랑거리는 은빛 갈대 사이로

북한산 봉우리 헤아리지

동트는 햇살 온몸으로 부딪치면

나는, 풀잎 위에 떠오르는 이슬방울

아침 색깔은 아무리 생각해도 모르겠어

새벽의 모든 것을 가진 나는 무법자!

소통 2

고맙다!
고맙다! 잘 자라 주어서
손끝으로 쓰다듬으며
몸통이 파란 팔등신 무 뽑아 올리는
영월 할머니

명치끝을 때리는 울림
자연과 사람의 일치

무서리 맞은 무생채로 먹는 이른 점심
소박한 만찬, 몸이 먼저 알아차린다

클릭 한 번이면 모든 것이 내 것으로
변할 수 있는 쾌락의 세상
텅 빈 욕망들

산자락 단풍은 나무에서만 물이 든다
벤츠 자동차는 물들지 않는다

자연은 우리를 돌아보게 하고 돌봐주는 GPS

평온한 대지에 뿌리를 내리는 영월 할머니

아침 햇살에 흔들리며

산봉우리
아침노을에 붉게 스며들고

벌레들 울음소리,
구절초꽃 찬이슬에 젖어있다

누렇게 익은 황금 들판에
백로 한 마리 하얀 춤을 추고

육십을 넘어 늙어 가는 나
흘러가는 세월의 소요,

아침 햇살에 흔들리며
유한한 나를 넘어
삶의 깊은 곳을 걸어간다

본래의 길은 어느 곳일까?

아침을 걷다

새들 날갯짓 햇살 뿌리며

아침 노을 동터오고

밤새 내린 이슬

풀잎 풀잎에 송골송골 피어있다

침묵보다 고요한

푸른 숨결 밀어 올리니

옥수수잎 쏘옥 한 움큼 일어선다

쏴아쏴아

초록 잎새 사이 스쳐 가는 바람 소리

이슬 젖은 촉촉한 황톳길

아침이 걸어간다

나를 넘으며 넘어서며

찔레꽃

빗방울처럼 쏟아지는
찔레꽃 향기
뻐꾸기 날갯짓에 당신은
흔들리며 흔들리고 있어요

입김 불어 꽃잎 하나 밀어 올리니
한 자락 피어나는 향기
가슴 한 켠이 환해지네요

찔레꽃은 알고 있을까요
당신에게서 찔레꽃 향기가 솟아오르는 것을
꽃잎보다 부드러운 가시의 아픔이
하얗게 하얗게 피고 있다는 것을

평화

힘껏

제 몸을 일으킨 벼

초록 이슬 입에 물고 있다

숨결 불어 모아 출렁이는 푸르름

논고랑에 스르르 고여 드는 맑은 물에

소금쟁이, 개구리 폴짝 뛰어드는 새 아침

수런거리는 벼 포기의 순연함,

끝없는 초록빛 물결 소리 들으며

살포시 걸어가는 논두렁 길. 길.

스스로의 평화로움!

아침 햇살이 고요히 내려앉는다

이란자

정수안

내 나이 듦을 시와 함께…

P R O F I L E

서울 출생. 2020년『문파』신인상 등단. 호수문학회원. 저서 : 공저『계간 문파 대표 시선』『달빛,
그리고』외 다수.

새봄에

풀빛 산소 머금은 봄의 생기
겨우내 얼었던 대지 가르며
기지개를 켭니다
마른 가지 뚫고 돋아나는 어린 순
지난가을 땅으로 스며든
낙엽의 자양분 품어 안고
결실을 향한 풀무질로
초록을 키워냅니다
봄바람의 치마폭에 실려 온
어린 잎새들의 숨 내음
살아있는 모든 숨결 속에 스미며
지난 풍파의 상흔에 새살을 돋웁니다
새봄, 언 땅 녹이며 찾아든
생기를 향해 창을 활짝 엽니다

우리 엄마는 언제나 9살

"우리 아버진 대감 모자 쓰고 내가 9살 때까지
항상 나를 무릎에 안고 있었어"
엄마 목소리에 실려 무지개를 펼치듯
허공에 떠오르는 영상 하나

끝까지 놓을 수 없었던
혹여라도 잊힐까 되새기고 되새기던,
엄마 삶의 뿌리를 지탱해 온
우리 엄마의 어린 시절 추억

대감 모자를 썼던 그 아버지 돌아가신 후,
7명의 의붓오빠들에게 버려졌던 10살 소녀
처참히 부서진 기억의 파편 속에서 건져 올린
아버지 무릎의 온기 놓칠세라 기억을 되뇌며
평생 9살 소녀의 추억에 갇혀 사셨지

그런 엄마가 늘 낯설었어 내가
10살이 되던 해부터 난, 9살에 멈춰버린
엄마의 엄마가 되어야 했거든

이제야 알 것 같아, 어쩌다 한 번씩
기억의 저편에서 그리움이 울컥울컥
올라오는 이유를 말이야
그것은 내게도 참 필요했기 때문이지
나를 위한 엄마다운 엄마가

낮달

딱 걸려 버렸다

느티나무 가지 끝에
머쓱한 낮달이

어둑한 밤 슬그머니
산등성이 타고 넘어와
깜박이는 별들의
밀어 엿보고
떠오르는 태양에 황급히
몸을 숨기다 그만,

그리움에 젖어

굽이굽이 거슬러 찰랑이는 추억의 강기슭에 닻을 내린다
가만히 눈 감으면 기억의 수면 위로 떠오르는,

사람 좋은 미소 담겨있던 초승달 같은 아버지 눈웃음, 통통하고 작으마한 몸집에서 카랑카랑 울리던 엄마의 노래, 잠자리테 안경 위로 바람머리 흩날리던 남편의 풋풋한 시절, 뽀얀 피부에 짱구머리 엉뚱한 질문으로 나를 웃겼던 개구쟁이 아들, 오줌 밴 기저귀 뒤집어쓰고 얼굴에 영양크림 떡칠한 딸아이, 유기견에서 한 식구 되어 베개 베고 눕기를 즐기던 이룸이

이젠 마주할 수 없는,
세월에 버물려 흘러가버린 시절들, 나 오늘도 보고파
추억의 샘가에서 기억의 물레방아를 돌리고

상실을 넘어

녹슬어 가던 지난 세월
먼 곳에서의 부고장
이별의 흔적들을 일깨운다

아직도 다 잘라내지 못한
그리움의 우수리 사르기 위해
결단의 모닥불 지펴 보지만

관계의 열기 속 어긋나버린
인연의 끈 차마 놓지 못해
뜬 눈으로 뒤척이던
시간들의 환생

상실의 잿빛 그림자 너머
태양이 떠오르듯, 오늘도
생의 수레바퀴를 굴리기 위해
소란스러운 속내에 빗장을 건다

떠나는 그대들에게

창백한 별들이 쏟아집니다.
별빛 져버린 빈자리엔
아쉬운 이름들만 하나, 둘, 셋…
함께했던 시간들 속에서 건져 올린
사연들이 시리게 가슴에 박혀옵니다.
그 저녁 우리는 조용히 울음 우는
갈대가 되었습니다.
…… 이제 다시,
몸져누웠던 마음 추스르고
흩어진 옷깃 맵차게 여미며
새 길목에 피어오르는 햇살을 바라봅니다.
보내고 돌아서는 처연함을 털어내고
비워야 채워지는 충만함에 영혼을 맡기며
맑은 바람으로 어지러운 상념들을 씻어 냅니다.
떠나는 그대들을 위해 소망의 등불 켜고
이별의 송가를 불러 드립니다.

갈잎 젖어 든 날에

쏟아질 듯 넘실대는 물빛 하늘
스치듯 지나던 가을바람과의 조우에
붉고 노란 연서로 뜨겁게 물들던 잎새
갈바람 스쳐 아린 내 영혼에
허공 하나 시리게 뚫리는 계절
존재의 심연에서 창백한 언어들이
떠오른다. 나의 삶 깊숙이 자리 잡았던
인연들과 빚어낸 이야기들
책갈피 켜켜이 담아본다
뜰 안에 쏟아지는 축포 같은 가을볕에
곰삭인 시어로 잘 익어가기를 소망하며

밤이면

반짝인다
여름밤,
강 모퉁이 풀섶 가르며
반딧불의 밀어들이

출렁인다
깊은 밤,
내 사유의 뜰 안에서 발아된
언어의 유희들이

엄마의 눈물

내 나이 스물여덟 무렵,
느슨한 햇살의 조명을 받으며
이름 모를 들풀 사이를 천천히 걷고 있었지

고물고물 피어오른 길섶의 들꽃을 바라보며
파도 같은 그리움으로 온몸이 출렁이던 엄마,
그녀가 거기 서 있었어

다가서는 나를 가만히 나를 응시하다
골수를 쥐어짜듯 허공에 쏟아내던 그녀의 한 마디
'나 엄마가 너무 보고 싶어!'

육십 평생 마주한 적 없었던 인연을 향한
사무침이 봇물같이 터져버리던, 그날
이슬 번지던 그녀 눈가에선 솔잎 향이 피어났었지
켜켜이 쌓여간 그리움이 발효된 듯한,

난, 지금도 솔내음을 맡으면 그날의 엄마가 생각나

이웃집 할머니

엘리베이터 문 열리자
노래하듯 내부를 울리는
경쾌한 목소리
안녕하세요? 호호
날씨가 춥지요?
어디 가슈? 몇 살이유?
안경 너머 반달 같은 눈웃음
낭랑한 목소리 활기차다
호기심 가득 찬 눈빛
전신을 스캔 중이다
문 열리자, 무표정한 할아버지 따라
총총히 사라지던 귀여운 여인
흥건한 웃음 머금게 하는
마냥 시들 줄 모르는 꽃이다

원혜명

무언가 늘 아쉬움이 남는 시간들이다
마음과 감성으로 자연을 느끼고 즐길 줄 아는
삶을 살고 싶다
시어들과 함께

PROFILE

충남 세종시 출생. 계간 『문파』 시인상 시 부문 등단. 호수문학회원. 저서 : 공저 『달빛, 그리고』
『계간 문파 시인 선집』 외 다수.

천사의 노래를 위하여

무용했던 내 삶에 불이 밝혀지고
몸속에서 꿈틀거리는 내 안의 새로운 대지,
그것은 언어들의 조용한 방문이며
햇빛 속에서 쏟아지는 빗줄기처럼 갑작스러운
소나기에 놀란 마음 같다
번개 같은 가슴이 가슴을 안고
내 안에 나를 끄집어내어 세상 밖 외로움과
고독 속에 밀어 넣는다
나무, 꽃, 하늘, 바다, 비, 땅, 사람
수많은 자연들 뒤에 숨어
나에게 모습을 보여주지 않는다
맑은 눈과 귀를 잃고 영혼마저 혼탁해져
천사의 노래를 들을 수 없다

훗날 나에게 다가올 노래를 위해
자연의 언어 속에서 영혼을 세척한다

긴 그림자 눕힌다

처마 밑 깊은 어둠 속
자고 있던 솜털 같은 씨앗, 흙 밀어 올리는
아픔 견디고 피워낸 꽃잎 사이로
잿빛 그림자 스며들고

산등성 허리쯤 발그레한 태양
숨어 들어가는 시간
도심 속 외기러기 삶의 힘겨운
날갯짓 퍼덕이며 쉴 곳 찾아 허공 휘젓는다

무너져 내린 하루 갇힌 프레임 속 외로움
삶의 방향 잃고 흔들리는 시선
하늘과 땅 사이 삶의 춤사위 끝내고
처마 밑 햇빛보다
뜨거운 달빛 속 불멸의 휴식

긴 그림자 눕힌다.

하늘로 날아간 백조

오가는 시간 속 황폐해진 기억
저편 하얀 세상, 백조의 호수 음표들이
안개 내려앉은 기억 속으로 걸어 들어온다

가죽만 남은 갈고리 같은 손끝으로
그려내는 절제된 우아함, 청초한
난 꽃의 몸짓

흐릿한 눈은 호수 되고 금방이라도
바스러질 것 같던 얼굴엔 불꽃 같은 열정,
마지막 꽃을 피워내며 호수 위에 내려
앉은 백조

붉은 노을 뿌려진 호수를 감싸 안으며
접어둔 날개 활짝 펴고
하얀 세상으로 날아간 프리마돈나

태초의 잉태

차가운 땅속 긴 잠에서 깨어난 나비처럼
많은 시간 고통과 인내 속 피어난
눈부신 희망

현실의 삶 무거워 버티기 힘들 때
나무의 뿌리처럼 물줄기
끌어올려 푸르름 세상에 뿌려 놓는다

햇살처럼 따사로운 미소 지으며
잉태의 경이로움 금빛 윤슬의 춤사위로
빛나던 순간

삶의 거친 바람 들어 햇살마저
춤 멈추고 얼어버린 시간
땅속 어두운 고통 참고 부화한 나비
봄 날갯짓 힘차게 날아오르기를

태초의 잉태 속 희망의 몸짓으로

날비*

오렌지빛 태양이
어둠의 창살 뚫고 기지개 켜는 시간
흩어진 실타래 같은 삶 신고 달리는 꿈,
시간의 이탈

날비 같은 응급출동, 튕겨진 시간
고락의 극치 몸을 뚫고 나와
얼음 같은 도로 위에
뜨거운 붉은 꽃을 피운다

생의 마지막 깜빡이
흐릿한 어둠 속으로 걸어가
눈가 한 방울의 반짝이는 보석 붉게 피어난
꽃은 서서히 검은 빛 바다를 그린다.

_____
* 비가 올 것 같은 징조도 없이 내리는 비

원
혜
명

바람 불던 날

푸르른 이파리
바람에 부대껴 파르르 떨며
하늘로 날아가 버렸다

나무는 시름시름
수액 토해내며 거북이 등짝처럼
메마르고 갈라지는 아픔

휘몰아치는 바람 속에
윙윙 울음소리 토해내며
제 가지 하나씩 하나씩 내려놓는다

차디찬 시간 지나 꽃 피었지만
더 이상 푸르른 이파리 보여주지 않고
후두둑후두둑 긴 비 오고 바람 불던 날
제 허리 자르고 사라졌다

그녀는 자연을 닮았다

자연을 벗 삼아 나선 산책길에서 만난 그녀
사월의 햇살만큼이나 맑게 웃는 둥근 모습,
흙을 만지던 투박한 손으로 반갑게 나를 반겨준다

그녀의 손에 가득한 자연의 향기가 묻어
있다 쑥. 머위. 미나리… 꽃을 닮은
그녀도 가끔 삶이 힘들 때가 있단다

그럴 때면 바람이 살포시 어깨 토닥여주고,
나무 위에 황조롱이 은구슬 소리로 노래 부르면
마당의 꽃들 발레리나가 되어
그녀만을 위한 공연 열어준다며
살포시 미소 짓는 그녀

손에 묻은 흙을 아무렇지 않게 툭툭 털며
달빛 아래 흰 박꽃처럼 웃는,
그녀의 모습 자연을 닮았다.

숯덩이

까맣게 타버린 가슴속 덮어 놓으시고
함박꽃 환한 웃음 보이시던 당신
곡주에 휘청이던 지아비 부축하고
어린 오 남매 거두시면서 웃는 가슴

매미소리 요란하던 날 기차 소리 멀어지고
대청마루 끝 앉아 우는 하늘 아슴아슴
바라보던 당신

기나긴 힘겨운 삶 지쳐 잠들 때면
어린 딸 가슴팍 깊이 안고
외로움 가슴 시렸다는 것을 저물어 가는
석양 끝 당신 속 보여 내 눈 시립니다

봄

겨울처럼 추운 삶이
웅크리고 앉아
고장 난 시계처럼 느리게
움직이고 있다

느려진 심장 봄 햇살 내려
앉아 땅속 잠자던 씨앗
흙을 밀고 머리 내밀 듯
기지개를 켠다

삶의 겨울도 봄이 스며들어
또르륵 또르륵 가슴에 설렘
아지랑이처럼 피어오른다

자연의 계절도
내 삶의 계절에도 봄이
스며들어 꽃이 활짝 피려 한다

원
혜
명

기다림은 비처럼

흐릿한 하늘 내려앉은 오후
책 펼쳐보지만 글자들 사라지고
그 안에 그가 웃고 있다

손끝으로 그의 얼굴선 따라 긋는다
윤곽 잊지 않으려 마음에 문신처럼
새겨 놓는다

보고픈 그리움이 흐린 하늘에
비로 내리며 창가에 머물고 빗소리에
그의 목소리가 들린다

습관처럼 되어버린 시간, 기다림은
비처럼 스며 아픔 짙다.

신의 선물

살포시 수줍은 눈빛
높지도 낮지도 않은 콧날
도톰하니 붉은 입술
발그레한 얼굴에 피어오르는 한 송이 꽃

타고 내리는 목덜미 쇄골 뼈 눈부시고
어깨 아래 봉긋한
산봉우리 곱게 접은 환상의 날개

산허리 골짜기 물 흐르고 풍성한 숲속의
은근한 아름다움 눈부시다

햇살조차 숨죽여 바라보는 향연
신께서 세상에 남긴 극치의 아름다운 선물

이선옥

시폰 치맛자락이 살랑거리면 날기엔 참 좋은 날씨다

2021 성난 바람 | 가슴에서 떨어지는 물로 밥이 말린다 | 고목의 눈물
관계 | 날개 없는 포자의 꿈 | 비워진 벽 | 속도가 없는 방향으로
습기가 해를 본 날 | 어떤 유혹 | 꽃무늬 팬티

P R O F I L E

제주 출생. 호수문학회원. 저서 : 여행 에세이 『낯설지만 좋아』, 전자책 에세이 『공주로 돌아온
시간들』.

2021 성난 바람

어느 집이나
조용한 집은 없었다.

닫힌 문틈 사이로도 훤히 보이는 집마다의 사건들

모든 집을 덮친 성난 바람,
맨 처음 맞은 강풍에 너덜거리는 별이 그려진 집,
운동 잘하는 사람들이 어렵게 모임 중인 빨간 점이 있는 집,
이 와중에도 장난치듯 새총을 쏘아 옆집을 위협하는 검은 대문 집,
주도권 싸움에 얼굴 가린 여자들이 가출을 하는 옆집,
궁핍한 살림에 아파도 주사를 못 맞고 있는 옆집의 옆집,
때아닌 줄초상에 어이가 없는 산 너머 집,
터진 화산에 벌게져 괴로워하는 물 건너 집.

집집마다 검붉은 뿔이 솟아 있어도
멀리서 보기엔 아무 일도 아닌 듯이
계속 머무르려고 변신까지 하는 성난 바이러스

간절히
성난 바람을 멈추고 싶다.

이선옥

가슴에서 떨어지는 물로 밥이 말린다

맨드라미처럼 붉디붉은 오십 세의 과부
그녀가 수문을 열어 제끼자 아침 먹는 아이의 귀에 말들이 쏟아졌다.

온몸에 붙은 이야기를 다 털어버리려는 듯 끝이 없다
숟가락 위로 양가의 가족은 물론이고 동네 사람들이 가득 올라왔다
4·3사건 속에 애달픈 사랑을 한 연인 이야기 대목에서 그녀의 목소리는
폭풍이 되었다
사람들이 서로 엉겨서 울고 웃고 싸우고 아수라장이다.

밥알마다 다른 사연들이 국물에 말아졌다
집안 곳곳 벽에도 이야기들이 다닥다닥 붙었다.
화이트 칼라 교복을 단장하고 도시락을 챙긴 아이는 얼른 바다를 건넜다

강산이 네 번은 바뀌고
땅과 더 가까워진 그녀는
아이처럼 떠나지 않고 묵묵히 들어주는 땅에게 말을 주고 있다

하늘과 바다의 길이 없어지고 그녀의 입이 가려져도 아이의 귓가에는 눈
물 섞인 말들이 아직도 카랑카랑하다

그때는 알지 못했다
그녀의 외침이 가슴속에 웅크린 그리움과 외로움을 토해내
고 있던 것을.

오늘 밥상에는
가슴에서 떨어지는 물로 밥이 말린다.
달달해진 그녀의 잔소리 반찬도 한입 먹는다

고목의 눈물

비는 내리고
삶으로 굵어지고 낡아진 몸이 힘겨워 옆으로 누울 듯
삼각대 지팡이로 겨우 지탱하고 있다
살이 파이고 벗겨진 가지 끝 돋아 올린 파란 잎이
아직 살아 있노라고 가늘게 떨고 있다

기울어진 고목은 눈을 감고 회상에 젖었다

새싹을 틔웠던 시절,
가녀린 아름다움에 노래로 유혹하는 새들이 잔뜩 덮이고, 바람은 풍성
한 몸을 흔들며 매일 꽃다발을 선물했었다 화려하게 피어난 몸에서 향기
를 날리면 알찬 열매들이 태어났었다 누구든 시원하게 안아주고 쉬어 갈
수 있는 커다란 그늘도 있었다

비가 내려도 꽃을 피우지 못할 걸 안다

굳은 속살로 시들어진 가지 끝 힘없는 파란 잎에
바람이 슬쩍 스친다
자신의 몸을 찢어 떠난 열매 중에 잃어버린 씨앗 하나가 보고싶으니

소식이라도 전해주면 안 되냐고 눈물 섞인 앙상한 몸으로
애원했다

지금 이 시간에도
노인은
꿈에서라도 꽃을 피우면 찾아올까
쓰러질 듯 쓰러지지 못하고 버티고 서 있다

이
선
옥

관계

해를 보면 생기는 검은색 그림자
어딜 가든 뭘 하든
내 몸에 내 맘에 붙어 사네

어느 날 해에게 삐친 그림자
그늘 밑에 숨으면 없어질까 하여
서 보니
꽃에도 나무에도 심지어 커다란 집 건물에도 제 키에 맞는
그림자 있었다

비와 구름에 가리우면 없어질까 했으나
세상은 온통 어두운 그림자로 덮혀
오히려
나와 상관없는 사람들까지 괴롭게 해서 민폐만 주었다

난 아직 오후 한낮이라
그림자마저 뜨거워
해와 그림자를 다 보내기엔 이르다

늘상 있는 하루처럼

밤이 와서

저 스스로 같이 스러지는 너와 나여야 아름답다.

이선옥

날개 없는 포자胞子의 꿈

시폰 치맛자락이 살랑거리면 날기엔 참 좋은 날씨다
허공에서 어지러울 정도로 헤엄치다 보면
소나무, 자작나무, 참나무, 오리나무 가루들이
목화솜같이 하얀 나에게 춤을 청한다.

바람 열차를 타면 더 멀리 갈 수도 있지만 작은 바람이 더 끌린다
먼지인 듯 눈인 듯 취해 가볍게 올라 내려다보면
사람들이 우리 춤에 눈물 흘리며 재채기를 해댄다
우린 다만 새 세상을 꿈꿀 뿐이다

노오란 어미들이 꽃대를 쑥쑥 키우면서까지 하얗게 퍼져 나간 우리

더 높이 더 멀리 날아 가 보지만
숲 가시에 걸리기도 하고
벽돌 사이에 끼기도 하고
허무하게 꽃대 밑에 떨어지기도 한다.

눈물이 콧물이 비가 되어 내리는 날
우리는 서로 섞여 시커멓게 추락한다

질척한 바다에서 움직일 수 없게 굳어져 가고
싫든 좋든 여기가 이제 나의 집이다
누추한 이곳에서 또 새 희망을 꾼다.

이선옥

비워진 벽

부엌 싱크대 위로 단단하게 붙어있는 그릇장
손이 닿지 않는 천장까지 이어진 그릇장 안에는
과거가 가득 숨어 있다

시집올 때 해온 얼기설기 금이 간 그릇 세트, 반쯤 지워진 미키마우스와
힘겨워 했던 삶이 그려진 쟁반, 욕심의 줄에 서서 받아온 백화점의 사은품
접시, 상자에 담긴 채 그대로 있는 부끄러운 텀블러들, 빛바랜 금테가 촌스
럽게 반짝이는 커피잔, 해외 여행지에서 주워와 설 자리를 잃은 머그컵들…

피할 수 없는 과거의 사연들이 버거워 속으로만 앓고 있던 그릇장
세세한 기억들을 안고 영원히 벽에 고정되어 살 줄 알았던 그릇장

어느 날
쿵!
깊이도 알 수 없는 절벽 끝에서 나비처럼 무거운 몸을 스스로 던졌다
너무도 짧은 사이…
천둥 같은 굉음과 함께 벽과 분리되었다
튀어 날아오른 삶의 조각 조각들은 붉은 피를 흘리며 퍼지고,
버리지 못한 미련들도 저절로 부서지며 사라졌다

우둘투둘하게 비워진 벽

무거운 짐을 벗은 듯 무소유의 해방간으로 곱게 노배되었다

하얗게 비워진 벽에는

누구도 간섭할 수 없는 자유로움으로 가득하다

속도가 없는 방향으로

달리고 싶지 않아도 달리고 싶어진다
사람들이 러닝머신 레일 위에서 뜨거운 물불을 검붉게 뿜어
내고 있었다.

마음은 바쁘고 다리는 짧아 더딘 걸음이 지루하기까지 하다.

어느 날 누군가와 단단한 줄이 생기자 속도의 숫자가 커졌다
레일이 달려와 두발이 빨리 마중을 가지 않으면 쓰러진다 뛰고
있는 와중에 애가 튀어나왔다 정신없이 풀어헤친 나날 들과 끝
도 없이 달렸다 새빨개진 뜨거운 물불이 나에게도 솟았다 속도
를 더 높여본다 과속이다 숨이 천장에서 달랑거렸다.

시간이 더 빠르게 내달린다
달려온 레일 바닥은 이미 너덜너덜하다.

내 시선이 가는 나만의 방향으로
천천히
빨리 세상 속으로 걸어간다.

화사한 운동복으로 갈아입고
레일 위에서 설레는 시간들을
한걸음
한걸음
되새김질한다

습기가 해를 본 날

해가 가려진 창밖은
질척거리는 어두운 안개 때문에 먼 곳은 지워졌어요

잔뜩 물 머금은 공기들이 연기 퍼지듯
이불, 옷가지들, 심지어 신발에도 제집인 양 들어가고 있어요
쿰쿰한 냄새를 풍기며 모든 살아 있는 것에는 공평하게 나눠지고 있어요

한낮이지만 밤인 듯 적막해요
끝도 없이 빨려 들어가듯 온 세상의 기운들이 우울병에 전염된 날
약간의 공포
약간의 두려움
약간의 무기력이 한꺼번에 배달돼 왔어요

입꼬리는 땅까지 내려오고 길어진 낮에 한숨은 터져 내리고 비를 데리고
오겠다던 바람까지 숨을 멈추고 척척함이 무겁게 온몸을 두르고
숨마저 멈춰진 찰나의 순간에
하늘은 쐬아 하고 뚫릴 거예요

작년부터 연속된 장마로 흠뻑 젖어서 흘러내리면 내 영혼까지 씻겨져

투명 비닐 너머의 눈물도
버스에서 재채기를 꾹 참아야 했던 고통도
잊을 만큼 시원하겠지요

비가 멈춘 날
무거워진 이불이 해를 만나면
어제의 눈물로 얼룩진 곰팡이 숫자들도 가벼워질 거예요

숨어있는 마지막 남은 한 점의 습기까지 바짝 마른 뽀송한 날
산이 말갛게 보이던
그 카페에서 만나요

어떤 유혹

커튼을 열었다
밤사이,
아파트 공원을 덮은 단풍에 화들짝 놀라
눈에서 번진 불이 온몸 구석구석을 달구었다

고고한 푸른 소나무마저 슬쩍 물이 들어있는
깊어진 가을 속에서
덩달아 뜨거워진 나는 밤새 생긴 불바다에 푹 스며들었다

단둘이 만나서 차 한잔하자는 어떤 남자의 진심 어린 제안

붉은 물이 내 안에 훅 들어와
무채색이었던 마음에 소용돌이치는 유색들
노란 소나무 가시들이 힘없이 나를 찔러댔다

무르익는 가을처럼 내 맘 한구석에 은밀하게 퍼지는 위험한 설렘
마음 들킬까 두려워하며 장난처럼 거절했다

자연의 순응을 거스르는 거짓 마음

바사삭 부서질 가을
붉게 뜨거워진 마음을 다독이며,
스스로 식어가야 하는 쓸쓸한 가을이다

이
선
옥

꽃무늬 팬티

꽃 무더기 팬티 한 아름
화사하게 핀 꽃송이 속에 배시시 웃는 어머니가 손짓한다.

꽃을 모르던 날
이름 모를 꽃들로 가득 찬 오일장의 리어카에서 꽃을 고르던 어머니
복잡해 보이는 꽃무늬가 촌스러워 먼 하늘만 봤었다
꽃피는 봄에만 입는 줄 알았는데
추운 겨울이 되어도 꽃들은 계속 같이 살았다
수학여행 가던 날도
꽃무늬 위로 자크 달린 주머니를 달아 주었던 어머니
줄줄이 빨랫줄 위에 섞여 걸린 분홍 꽃, 빨강 꽃, 보라 꽃, 주황 꽃…
꽃들 사이로 태양이 기울면
빛바랜 꽃잎이 하나 사라져도 몰랐다

여자임을 외치던
어머니의 꽃 잔치가 그리워
코끝마저 시린 오늘
내가 어머니의 꽃무늬 팬티를 고른다
다시 피어난 꽃들을 달고 거리를 활보한다.

정명숙

슬픈 민들레는 하얀 소복 입고 떠나가
너의 넋 100년이 지나도 피고 지고

해 질 녘 낯선 곳에서
한 줄기 빛을 줍고자 나와
서성거린다

P R O F I L E

전남 출생. 호수문학회원.

옛 친구

잊었던 옛 친구 소식에
그녀는 소녀를 향해 달려가며
그때 그대로일까
묵혔던 설렘 터질 듯
버스를 타고 간다

그 시절 서로 다른 열차를 타고 살아
옛 기억은 어스름히
약속 장소 그녀를 보고도
두리번두리번

소녀는 보이지 않고
주름진 세월만 보인다

같은 땅 살면서도
가족의 눈물 밥 짓느라 해 지는 줄 모르고

이제 서로 한쪽을 보내 놓고
조심조심 걸어가는 길

서로를 확인하고 있다

바늘 쌈지

어머니 짐 꾸려 떠나보낸 후
앗차!
바늘 쌈지 남아있다

딸 출가 시킬 적
꼭 챙겼던 쌈지 바구니

아낙네 허리 굽혀 고된 하루 끝나면
방에는 해진 양말 꾸러미 기다리고

감긴 눈 비비며
양말 덧대어 깁고 붙여도
금방 큰 구멍

겹으로 기운 발바닥
도톰한 딱지 붙으면
다시 뜯어 붙여

먼 길 걸어와
젊은 바늘은 숨어있다

엄마비

눈물이 흐릅니다

어제도 오늘도
엄마는 비가 되어 내립니다
그 눈물 내 창가에 와 두드립니다
설움 가득 담아
창문에서 기웃거립니다

텅 빈 눈물 방
몇 날을 울어야 내 잘못이 씻겨질까요

그러나
당신의 기도 속에 저는 들어가 있고
당신도 제 기도 속에 들어와 있습니다
타오르는 촛불 당신 얼굴 보이고
미소가 있습니다

어머니

단추

함께 춤추며 외출하던 너
넌 그만 내 손 놓치고

얼마나 무서웠을까
어디서 울고 있을까

거리에 너를 둔 채
난 떠들며 웃고 있었다

너를 잃은 외투는
옷장 구석진 곳에 홀로 울고 있다

정명숙

작은 꿈

여보 내가 넥타이 한번 매줄게

그녀는 현실에서 이루지 못했던
꿈에서 꿈을 꾸고
행복함에 젖어있다

당신의 목에 꿈꾸던 넥타이
비로소 매주던 꿈

당신은 길 떠난 지 오래

아직 겨울

넌 싸늘한 내게 들어와
불 지펴 놓고

따스함에 스르르 잠 깨려 할 때
꺼진 불에 넌 놀라
뒷걸음쳐 달아나고

아직 난 녹지 않았는데
그 불에 녹아들고 싶었는데

넌
봄이 아닌 겨울이었어

만남

익숙지 않은 시간 꺼낸 발걸음
잠시 설렘에 젖어본다

약속 시간은 훌쩍
누구일까
그는 먼저 와 원망에 지친 머리카락이
쭈뼛 서 있다

내려가는 입꼬리 애써 올리며
그는 유창한 언어로
앵무새의 특식 되어 식탁에 올려졌다

아쉬움이 남는다
앵무새는 꿈에서 보았나
그 이름 불러보며
너를 보낸다

그래도 생각이 난다
앵무새가

엘리베이터

급한 시간
사람들 재빨리 엘리베이터를 탔다
찰나 문은 닫히고

밖에는 발 동동 원망의 눈초리 서 있고
안에는 희열의 미소 안도의 숨이 서 있다

야속한 엘리베이터
문 좀 열어주지 않고
사나운 인정 옛 주인 어디 있을까

공포의 좁은 공간 날숨으로 촉을 세워
달아날 기세로
눈 번쩍인다

정명숙

147

액자

아무도 없는 빈방에
어머니 성상 액자 하나 걸려있다
외로워 고개 떨구며

아들 방에 가져다 놓으니
떠난 어머니 고맙다 웃으신다

42세 팔팔했던 그녀
카랑카랑한 목소리 겁에 질리더니
호랑이 앞에 긴장과 눈물은 어제 같고

새아기 어느덧 할머니 되어
그 시절 그리워
그래도 그때가 달콤했었다

앉은뱅이책상

먼 기억 옛이야기
오십 년의 시간
나와 함께 사연 품으며 살아온

너 만들었던 주인은 떠난 지 오래
너와 놀던 꼬맹이들 장성하여 출가했다

곳곳에 뼈 드러난 상처
나만큼 견뎌내느라 힘들었구나

이제 다 떠난 공간
네 얼굴에 내 노트와 펜이 놀던
네 안에 내 젊음 들어있다

나 떠나면 너도 떠나려나

정명숙

149

향기

세월을 잇는————————

세월을 잇는 향기

호수문학회